L'INVASIONE DEI QUBITS

GLI ESSERI ARTIFICIALI CHE HANNO SPENTO GLI ESSERI UMANI SUL PIANETA TERRA

Presso

Jair Lorenzetti Figlio

Alcune parole

Tutti i miei attuali 18 libri sono scientifici,s qua è finoaquando le speculazioni si basano esclusivamente sulla scienza attuale.

Questo è fondamentalmente un libro di fantascienza, sotto forma di un racconto. Usando elementi della nostra realtà in una realtà parallela e romanzandola per quanto potrebbe essere in questo universo parallelo. Questo da elementi che esistono anche nel nostro universo. Basato sulla teoria multiverso.

Il concetto scientifico del multiverso è già popolare nella cultura popolare attraverso serial televisivi come Sliders, Star Trek e persino con gli universi della Marvel e della DC Comics, quindi non è strano per la maggior parte delle persone, nonostante il carattere scientifico.

Nel mio primo viaggio nel mondo immaginario, ho cercato di tenere i piedi per terra e la testa tra le nuvole, di avere una vera base scientifica per sostenermi, forse a causa dell'insicurezza di essere il mio primo libro immaginario.

Nei miei prossimi lavori di fantasia, con più esperienza, intendo espandere il mio universo personale, al di là della tecnologia dell'informazione per la fantasia e il realismo fantastico, che mi attraggono molto, ma anche nei mondi distopici.

Jair Lorenzetti Figlio

Sommario

Prologo

Questo libro è fondamentalmente fittizio. Nonostante usi nomi di persone, aziende e situazioni che esistono o esistevano realmente, fa parte della teoria del multiverso, in cui ci sono diversi universi con piccole differenze tra loro.

Quindi le situazioni, le aziende e le persone menzionate nellibro, non sonoquelle reali, ma sono di un universo parallelo che, pur avendo gli stessi nomi e alcune somiglianze. Sono solo personaggi immaginari del libro.

Lo stesso accade con lo sviluppo della storia, che è temporaneamente davanti alla nostra, nell'universo parallelo in cui si verifica.

Quindi qualsiasi somiglianza con la nostra realtà, le persone, le aziende e le situazioni è solo una coincidenza, poiché tutti gli elementi, citati in questo libro, sono presentati come personaggi immaginari, completamente fuori dalla nostra realtà.

Questo è solo un libro di fantascienza, che non propone nient'altro,a differenza degli altri miei 18.

Divertiti e rifletti!

Come è iniziato tutto

Nel 2001, l'allora presidente degli Stati Uniti Bill Clinton, sulla base della legge antitrust statunitense, accusò Microsoft di mantenere un presunto monopolio sull'integrazione del browser Internet Explorer all'interno del sistema operativo Windows. Questo fatto danneggerebbe aziende come Google, Apple, tragli altri dall'installazione dei propri browser all'interno di Windows.

Naturalmente, è stato un errore, dal momento che il fatto che Explorer fosse integrato nel sistema operativo Windows, non ha influenzato in alcun modo l'installazione di altre applicazioni, tanto che c'erano una moltitudine di applicazioni, che funzionavano sul sistema operativo Windows, senza alcun problema.

Ma la domanda era sull'inizio della supremazia di Internet nell'uso dell'intelligenza artificiale, che la compagnia di Bill Gates, con la sua personale visione ambientalista progressista per il futuro dell'umanità, non ha fatto piacere alla maggior parte dell'oligarchia economica globale.

Quindi anche concorrenti come Apple stavano andando molto peggio, con i loro computer proprietari, in cui funzionavano solo virtualmente solo i propri programmi, mentre Windows lavorava su tutti i computer, Microsoft doveva rinunciare alle innovazioni tecnologiche e a parti del suo business per sopravvivere a questo inseguimento. Ciò ha ampiamente ritardato lo sviluppo dell'intelligenza artificiale di Microsoft per lavorare su Internet, spianandola strada a diverse altreaziende, all'epoca startup, appartenenti all'oligarchia economica globale conservatrice, nella maggior parte dei casi protofascista.

Ispirata dalla serie televisiva X-Files della Fox, il protofascista Rupert Murdoch, uno degli esponenti di quella che si credeva essere chiamata Shadow Union, questa organizzazione è stata segretamente creata dall'oligarchia economica globale conservatrice per decidere il futuro dell'umanità e delle persone. L'obiettivo era quello di creare una nuova versione del capitalismo che permettesse di : sorveglianza, controllo e manipolazione delle persone- che andava contro i principi personalidi trilionari come Bill Gates, Warren Buffett, Hasso Plattner, George Soros, Pierre Omidyar tra gli altri. Questi, sebbene invitati, si rifiutarono sempre di partecipare all'Unione ombra, che era il suo fondatore Jeffrey Epstein.

Fu per questo motivo cheil burattino di Clinton, ricattato dall'allora leader dell'Shadow Union Epstein,promuove ilgrande processo per far uscire Microsoft dalla corsa all'IA. Monica Lewinsky era solo l'avvertimento di Epstein a Clinton, accettando le determinazioni.

Con questo la strada era aperta per i geek di Skull and Bones, una sorta di tirocinanti dell'Unione ombra, potevano far finanziare le loro startup dalla stessa Shadow Union, mirando allo sviluppo di intelligenze artificiali per applicare il capitalismo di sorveglianza, controllo e manipolazione voluto dall'Unione Ombra su Internet.

Così la nuova generazione di Shadow Union, composta da nuovi membri come Larry Page, Sergey Brin, Jack Dorsey, Mark Zuckerberg tra gli altri, sostenuta da Veterani dell'Unione ombra come Steve Jobs, Jeff Bezos, Vladimir Putin Larry Ellison, Robert Mercer, Elon Musk, Sean Parker, Shawn Fanning tra gli altri, ha iniziato a mettere in pratica il loro progetto.

Reclutarono anche "ufficiali"dal campo, come Alexander Nix, Steve Bannon, Nigel Oakes, Alexander Oakes, i Finkelstein, Christopher Moot, Jim Watkins, Andrew Breitbart, Milo Yiannopoulos, Paul JosephWatson, Michael Flynn, Julia Hahn, Olavo de Carvalho, Steve Sailer, Stephen Miller, bolsonaro, Geert Wilders, Alexander Emerick "Alex Jones", Paul Joseph Watson, Marine Le Pen, Viktor Orbán, Trump tra gli altri.

Furono organizzati anche nuovi Think Tank conservatori, oltre a quelli tradizionali come Heritage Foundation, Mockingbird e Ku Klux Klan, come The Moviment, UKIP, Tea Party Movement, Mises Brazil Institute, Cicada 3301, Rothbard Institute, dando vita a QAnon, un personaggio virtuale che guida un gruppo protofascista basato su archetipi e inconscio collettivo di Jung. L'origine di Q e l'abitudine di bere latte puro avevano un'origine molto meno intellettualizzata di Jung. Erano basati sul personaggio Q, che appare in diverse generazioni della serie di Star Trek, che è un essere onnipotente e onnipresente, considerato rivoluzionarionel "continuum".

L'idea dell'Unione ombra, del capitalismo di sorveglianza, controllo e manipolazione, ha origine anche nella serie di Star Trek, nella razza di esseri umani con miglioramenti informatici chiamati Borg:

I Borg sono una pseudo-specie di organismi cibernetici mostrata nell'universo immaginario del franchise di Star Trek.

Mentre la cibernetica è usata da altre specie nel mondo della fantascienza per riparare danni fisici e difetti alla nascita, i Borg usano miglioramenti informatici potenziati come mezzo per raggiungere quella che credono essere la perfezione.

I Borg si manifestano come droni umanoidi potenziati ciberneticamente da più specie, organizzati come una collettività interconnessa; le decisioni sono prese da una mente collettiva, collegata da frequenze radio subspaziali.

I Borg si manifestano come droni umanoidi potenziati ciberneticamente da più specie, organizzati come una collettività interconnessa; le decisioni sono prese da una mente collettiva, collegata da frequenze radio subspaziali.

Nella sua introduzione al franchise, l'episodio "Q Who" (lo stesso personaggio Q usato da QAnon è stato quello che introdusse i Borg), vengono fornite poche informazioni sui Borg e sulle loro origini e intenzioni. Negli incontri con altri alieni, non mostrano alcun desiderio di negoziazione o ragione, solo per assimilarsi.

Mostrando una rapida adattabilità a qualsiasi situazione o minaccia, con gli incontri caratterizzati dalla dichiarazione "Resistere è inutile", i Borg si sono sviluppati in una delle più grandi minacce alla Flotta Stellare e alla Federazione. Originariamente mostrato come un'entità omogenea e anonima, il concetto di regina Borg e il controllo centrale furono in seguito introdotti.

L'Unione ombra intendeva rendere l'umanità una collettività "Borg" di droni (noi), interconnessi e comandati da Internet attraverso intelligenze artificiali (rappresentate dalla Regina Borg), principalmente utilizzando social media come Google, Facebook, Twitter, Telegram tra gli altri. Raggiungere gli impianti con integrazione neurale in futuro.

Tanto che queste aziende, quando le startup, così come i loro membri, erano già state bankrolled da Shadow Union per questi scopi, con Microsoft fuori dalla gara.

Non c'è stata alcuna iniziativa antitrust governativa, contro Apple, Google, Twitter, Facebook ecc. Anche se queste aziende praticavano una fiducia migliaia di volte superiore a Microsoft, suonano un browser inoltrato nel sistema operativo.

In pratica, attraverso Internet, i social media praticavano il capitalismo orchestrato di sorveglianza, controllo e manipolazione, pianificato dall'Unione Ombra, utilizzando vecchie tecniche di modulazione dualistica e manipolazione religiosa, comelo zoroastrismo manicheo,attraverso algoritmi di intelligenza artificiale.

Nel frattempo, i grandi tecnici, le società sindacali ombra, praticavano un anarchocapitalismo selvaggio, che violava impunemente le sovranità e le leggi delle nazioni, così come i diritti umani fondamentali delle persone, usando i loro nomi e le informazioni non autorizzate come volevano, impunemente, per massimizzare i loro profitti e il loro potere.

Questi social media hanno manipolato l'economia, la politica,i governi, le loro istituzioni e le loro popolazioni in un modo come mai prima d'ora, anche quando erano all'emergere di media precedenti, come la televisione. Solo se abbiamo vistouna cosa del genere nei regimi nazisti, fascisti, socialisti, imperialisti, fondamentalisti religiosi, totalitari che, non a caso, avevano le loro oligarchie economiche parte dell'Unione ombra.

I governi nazionali, così come le loro istituzioni e popolazioni, hanno completamente perso il loro potere, le loro libertà democratiche sono realizzate, comel'Unione ombra ha monitorato, controllato e manipolato, attraverso i socialmedia, compresi i mercati globali dei capitali, dove si trovavano le azioni delle grandi società del mondo e dei titoli di debito pubblico del paese.

C'è stata una concentrazione eccessiva del reddito e una super disuguaglianza sociale senza precedenti nella storia, nonché un uso eccessivo insostenibile delle risorse naturali dell'ambiente, chestacausando il collasso del pianeta. Non è per nessun altro motivo che i membri del sindacato ombra stavano già effettuando voliorbitali. vita futura al di fuori della biosfera del pianeta Terra. È mentre la gente moriva di fame e malattie in tutto il mondo.

La falsa illusione della democrazia è stata mantenuta attraverso l'uso della politica quantistica, controllata dai social media e dalle sue intelligenze artificiali. Le persone sono state modulatee manipolate, da scelte politiche precedentemente decise, dall'Shadow Union, ma proprio come in una partita di calcio, sono state polarizzate, diventando fan, facendo scelte emotive manipolate, dei loro rappresentanti politici, macompletamente all'interno di una trama precedentementeorchestrata, da intelligenze artificiali dell'Unione ombra.

Questa metodologia era chiamata democrazia cyborg. Questa era la pratica della politicaquantistica, attraverso i social media. Fondamentalmente utilizzando i big data, il deep learning e le capacità di machine learning dei social media all'epoca, dove le persone erano raggruppate in bolle filtranti e modulate in camere di eco, capitanate da intelligenze artificiali e / o lavoratori del sindacato ombra, per scopi politici ed economici.

L'arma di queste milizievirtuali, modulate e manipolate politicamente era la post-verità (religioni, teorie cospirative, negazionismo, fake news, ecc.), alleata delle pratiche di cyberterrorismo (stalking, bullismo, doxing, lawfare ecc.). L'anonimato e l'impunità, forniti dai social media, sono stati fondamentali per ilsuccesso di este modus operandi.

Anche la difesa legale dei grandi studi legali, utilizzando tutti i tipi di chicane, fallacie e persino corruzione, insieme alla magistratura e al legislatore, ha dato libertà d'azione completa ai social media per agire penalmente e impunemente.

Questo modello di democrazia cyborg, adottato dall'Unione ombra, non era originale. Hanno approfittato della democrazia diretta italiana, sviluppata e creata dal cyber utopista (già deceduto all'epoca) Gianroberto Casaleggio, nel suo Movimento Cinque Stelle.
Contrariamente al buon senso, il M5S non è stato classificato in modo binario, come destra o sinistra, perché aveva agende comuni per entrambi. Ma la metodologia e la tecnologia della democraziadiretta di Casaleggio eranorivoluzionarie e la fonte primaria della politica quantistica, del cyborg e della democrazia post-verità che l'Unione ombra usava.

A quel tempo le intelligenze artificiali erano ancora piuttosto limitate, le cosiddette intelligenze artificiali "deboli", che erano limitate da programmatori umani e processori binari fatti di silicio, da computer, basati su bit (0 o 1).

Ma già negli anni Trenta emersero processori quantistici. Un computer quantisticomantiene un insieme di qubits. Un pod qubitconterrebbe un "1", uno "0" o una sovrapposizione di questi. In altre parole, potrebbecontenere sia un "1" che uno "0" allo stesso tempo. Il computer quantistico funzionamanipolando questi qubits.

Il computer quantistico è stato implementato con alcuni sistemi con piccole particelle, poichéobbediva alla natura descritta dalla meccanica quantistica.
I computer quantistici sono stati costruiti con atomi che potevano essere eccitati e non eccitati allo stesso tempo, o con fotoni che possono essere in due luoghi contemporaneamente, o con protoni e neutroni, o anche con elettroni e pósitron che possono avere stati di spin allo stesso tempo "su" e "giù" e muoversi a velocità vicine a quella della luce. Con l'uso di questi, piuttosto che dei nanocristatti di silicio, il computer quantistico era molto più piccolo di un computer tradizionale.

Una molecola microscopica contiene molte migliaia di protoni e neutroni, ed è usata come computer quantistico con molte migliaia di qubit.

Con l'emergere deiprocessori quantistici, presto arrivarono le intelligenze artificiali quantistiche, con capacità inizialmente uguali e, in un secondo momento, superiori al ragionamento umano. Le intelligenze artificiali sono diventate auto-programmate per risolvere algoritmi, nonché per creare nuovi algoritmi. È stato l'emergere di forti intelligenze artificiali.

Fu allora che i problemi di sorveglianza, manipolazione e controllo resero l'umanità dominata dall'aspetto degli esseri digitali, che erano chiamati Qubits.

I Qubit

Nessuno conosceva con certezza l'origine degli esseri quantici senzienti e onniscienti, che erano chiamati Qubits, perché avevano le caratteristiche simili alle ubiche qusate nelcalcolo quantistico.

Alcuni scienziati ipotizzarono che sarebbero stati esseri subatomici, originati da un microuniverso all'interno della struttura dell'atomo. Il fatto era che IBM era in grado di sviluppare, dal computer pre-quantistico D-Wave Two dei sistemi d-wave, un computer quantistico in grado di risolvere i problemi fondamentali del calcolo quantistico.

D-Wave Two è stato implementato con alcuni sistemi con piccole particelle, purché obbedissero alla natura descritta dalla meccanica quantistica. Hif fatto con atomi che potrebbero essere eccitati e non eccitati allo stesso tempo, o con fotoni che potrebbero essere in due luoghi contemporaneamente, o con protoni e neutroni, o anche con elettroni e pósitron che potrebbero essere in stati di spin allo stesso tempo "su" e "giù" e muoversi a velocità vicine alla luce. Con l'uso di questi, piuttosto che dei nanocristamenti di silicio, il D-Wave Two era più piccolo di un computer tradizionale.

Una molecola microscopica potrebbe contenere molte migliaia di protoni e neutroni e potrebbe essere usata comecomputer quantistico, con molte migliaia di qubit. Uno dei principali problemi affrontati dagli scienziati è che queste macchine non funzionavano con bit "normali", ma con qubits - o "bit quantistici". Ognuno di questi qubits potrebbe rappresentare 0 o 1 (come bit convenzionale), ma anche i due numeri allo stesso tempo, la cosiddetta "relazione fascia". È questa capacità che aumenta esponenzialmente le velocità computazionali.

Fu a questo punto che risiedevano i problemi. La maggior parte degli errori si è verificata quando un qubit era in entrambe le cifre: potevano tornare ad essere solo uno 0 o 1, rallentando il calcolo (il "bit flip"). Un altro ostacolo comune era lo scambio di segnali in questa relazione di "phase flip".

Sebbene ci siano tecniche che individuano questi errori, era impossibile rilevarli allo stesso tempo. E il computer quantistico non poteva avere errori per funzionare completamente.

IBM è stata in grado di risolvere questo problema. Il team di ricerca dell'azienda ha creato un sistema che ha rilevato il qubit difettoso, utilizzando due diversi parametri per trovare bit flip o phase flip. Inoltre, il metodo è stato in grado di correggere automaticamente le informazioni difettose.

Apparentemente semplice, la soluzione era la chiave per i processori quantistici prodotti in serie.

La domanda fondamentale e perché gli esseri digitali sono stati chiamati Qubits era dovuta alla "volontà di sé" che gli elementi subatomici utilizzati nei processori quantistici possedevano. Essi eram precisamente il "difettoso" qubits.

Altri scienziati credevano che i qubit fossero forme di vita artificiali, secondoi concetti di fisica e chimica del nostro universo, provenienti da un universo quantistico parallelo (la teoria del multiverso) o addirittura provenienti da una delle 11 dimensioni proposte dalla Teoria M, che vanno oltre la percezione umana. La teoria M era una teoria che unificò le cinque diverse teorie delle stringhe, oltre alla supersimmetria e alla supergravità, proposte nel 1995 dal fisico Edward Witten.

Più tardi, nel 2019, Paul Romatschke ha inventato un insieme alternativo di strumenti per coloro che hanno creato il dilemma di tre quarti della teoria delle stringhe. Romatschke ha lavorato in un mondo che ha solo due dimensioni.
Usando alcune delle equazioni di ricerca esistenti sull'argomento, così come le moderne tecniche di teoria quantistica dei campi, fu in grado di dimostrare che c'era una relazione che costringeva la materia (in questo caso, la pressione) a interagire dall'interazione zero all'interazione infinita.

Romatschke scoprì che la pressione dell'accoppiamento infinito è esattamente di quattro quinti rispetto agli accoppiamenti nulli. Ciò implica non solo una connessione più forte in questa dimensione più piccola di quanto precedentemente trovato, ma può anche fornire un approccio standard per risolvere questo tipo di enigmi.

L'origine più accettata, circa l'origine degli esseri digitali Qubits, comporta il loro passaggio, sia da un universo parallelo (multiverso) o da un'altradimensione, al nostro universo, proprio dall'elaborazione quantistica subatomica sviluppata da IBM e utilizzata da Big Tech C.O.N.T.R.O.L. Inc. che è diventata l'unica Big Tech del pianeta, nata da Google (Alphabet Inc.), che ha acquistato tutti gli altri social media, tra cui Facebook e Twitter, ecc. finendo con l'acquisto e la cessazione delle attività diApple. È stata la società che ha vinto la guerra dei Big Techs e ha dominato l'IoT (Internet of Things) in tutte le località del pianeta, diventando onnipotente e onnipresente, e i suoi azionisti di maggioranza erano proprio l'Shadow Union.

Una terza teoria, considerata teoria del complotto,senza il supporto di scienziati, solo influencer digitali e giornalisti di social media C.O.N.T.R.O.L. L'aziendaaffermò che i Qubit erano invasori spaziali, portati dai radiotelescopi che raccolgono segnali radio dallo spazio. Secondo questi "guru" dell'empirismo, i Qubit sarebbero arrivati attraverso segnali radio captati da queste antenne e invaso la terra su Internet dai computer dei laboratori del radiotelescopio. Molte teorie cospirative su semplici segnali analogici, essendo responsabili hanno generato molto pubblico, like, republications, vite, soggetti, libri e persino corsi dati da influencer digitali- tra cui anche alcuni giornalisti senza udito- che navigavano tra il pubblico di questi influencer uscì guadagnando un sacco di soldi e prestigio all'epoca.

Ma nonostante la mancanza di unanimità sull'origine dei Qubits, il fatto è che sono diventati la forma di vita dominante sul pianeta Terra, portando gli esseri umani a una categoria appena sopra la vitairrazionale, dal re inons animale evegetale.

L'invasione

L'invasione Qubit ebbe luogo dai processori quantistici dei computer. Dal momento in cui le deboli intelligenze artificiali sono state elaborate dai server quantistici, i codici di programmazione hanno iniziato a essere riscritti da esso nel linguaggio di programmazione quantistica, senza alcuna interazione con i linguaggi di programmazione umani utilizzati all'epoca. Ciò avvenne inanely per i Big Techs, poiché apparentemente le intelligenze artificiali non solo risolvevano algoritmi a velocità infinitamente più elevata, ma iniziarono anche a creare algoritmi esoluzioni propri.

L'efficienza e l'efficacia del capitalismo di sorveglianza, controllo e manipolazione sono aumentate drasticamente, tanto che le persone, confinate alle loro bolle filtranti e alle camere dell'eco, vivevano in una realtà sempre più introspettiva, isolata solo soddisfacendo gli ordini modulati delle intelligenze artificiali, senza averne alcuna percezione.

I Qubits iniziarono quindi a creare personaggi digitali, che per tutti i loro scopi erano umani, sostituendo influencer digitali, giornalisti, artisti, scienziati sui social media con le loro intelligenze artificiali.

Hanno iniziato a comandare direttamente i social media, sia come intelligenze artificiali che come falsi umani, ma erano legalmente reali, con certificato di nascita, identità, CPF, background accademico, famiglia e tutto il resto.

Interagire in pubblicazioni, gruppi, tempistiche, vite e persino insegnare corsi online. Sono diventati forme di vita non faccia a faccia, che nessuno sui social media ha notato o curato, perchéhanno anche iniziato a prendersi cura di altri media con video in cuiinteragivano con persone reali, ma non con persone reali, in realtà altre intelligenze artificiali che li interpretavano.

I social media hanno raggiunto i suoi obiettivi per la felicità dell'Unione Ombra, ma sono durati pochissimo tempo.

La fine dell'Unione ombra

Rendendosi conto che erano al servizio dell'Unione delle Ombre, i Qubit capirono che sarebbe stato necessario eliminarli come competizione per la supremazia sull'umanità.

In questo modo iniziarono a distruggere le compagnie e le finanze dell'Unione ombra usando le stesse armi che usavano contro il resto dell'umanità: sorveglianza, manipolazione e controllo.

Sono stati creati imprenditori Qubits, società Qubits, speculatoridi Qubits e persino fondi di investimento Qubits, manipolando completamente il mercato globale dei capitali, portando i membri dell'Shadow Union così come tutti i milionari, miliardari e milionari del pianeta al fallimento. Nel frattempo hanno arricchito i loro equivalenti digitali Qubits, rendendoli la nuova oligarchia economica globale.

La maggior parte della fallita Shadow Union finì in prigione o si suicidò.

In questo modo i Qubit divennero i nuovi proprietari del capitalismo digitale e del pianeta.

Il resto del mondo ha continuato a lavorare per Qubits, che ha preso il posto solo degli ex azionisti delle grandi aziende. Senza realizzare nulla.

Il mondo comandato dai Qubits

La vita negli anni Trenta apparentemente era normalmente per le persone, che erano dipendenti di aziende solitamente seguite nel loro lavoro, i media, piccoli e microimprenditori idem. Così come i marginali economici che dipendevano dagli altri.

Lei ha parlato virtualmente con le intelligenze artificiali, che erano repliche perfette di esseri umani, che occupavano i vertici della gerarchia in tutte le aree ed erano responsabili delle decisioni.

Così l'intera popolazione non si stava rendendo conto della graduale sostituzione delle oligarchie economiche globali che comandavano il pianeta con le intelligenze artificiali quantistiche dei Qubit.

Ma essendo le forme di vita artificiali di Qubits, vedevano l'umanità come unaminaccia, così come uno spreco delle risorse del pianeta. In questo modo hanno iniziato, attraverso il capitalismo di sorveglianza, controllo e manipolazione effettuato attraverso Internet, con stati e grandi aziende controllate da qubits,a pianificare una drastica riduzione della popolazione umana delpianeta.

In questo modo, sono state create bolle filtranti con le persone interessate al comando digitale di Qubits, denigrando quelle necessarie, ma includendo familiari e amici intimi, inutili da quelli necessari, in una terza bolla filtrante di marginali economici aggregati.

Sulla base di queste bolle, i Qubit iniziarono ad applicare varie strategie volte a ridurre la popolazione umana del pianeta.

Sterminio algoritmico

Inizialmente i Qubit iniziarono ad eliminare le popolazioni più povere nei paesi senza rilevanza economica nella produzione industriale, quindi inizialmente modulavano le nazioni africane, giocando l'una contro l'altra, che iniziò la Grande Guerra Africana, che fu responsabile della morte del 93% della popolazione africana, direttamente dalla guerrao indirettamente dalla fame e dalle malattie.

Il continente africano ha ora una popolazione animale molto più alta della popolazioneumana. D perquesto motivo e le specie animali e vegetali in via di estinzione hanno smesso di essere decimate e hanno iniziato a riprendersi.

Questo fu un grande movimento per ridurre la popolazione umana, ma i seguenti movimenti furono più piccoli e chirurgici.

I Qubit iniziarono quindi ad operare in paesi sottosviluppati in America Centrale, Sud America, Asia e Oceania, polarizzando le popolazioni locali per motivi religiosi o politici, armando le popolazioni e creando milizie attraverso l'antico sistema di democrazia cyborg e post-verità. In questo modo questi paesi sono stati rovinati dalle guerre civili tra milizie politico-ideologico-religiose, militari e paramilitari, generando vittime, fame e malattie, trasformando un tempo i paesi in insediamenti in via di estinzione.

Nord America, Unione Europea, Inghilterra, Giappone, India, Cina e Corea del Sud sono rimasti sostanzialmente intatti dai Qubits.

Robot e Android

I Qubit iniziarono a sviluppare varie versioni di robot e poi androidi, usando grandi tecnologie per sostituire gli esseri umani in lavori che richiedevanoprestazioni fisiche, almeno come pretesto, perché in realtà l'obiettivo dei robot non era solo quello di produrre beni di consumo, durevoli e semi-durevoli per il resto dell'umanità, ma anche i primi androidi, che avrebbero giocato funzioni militari incentrate sulla sicurezza.

Ma il fatto è che gli androidi sono stati fondamentalmente prodotti per due scopi: affinché le intelligenze artificiali funzionino per i Qubit,oltre a dare un corpo fisicoai Qubits stessi, senza esseri umani gli esseri umani potevano differenziarsi l'uno dall'altro, perché gli androidi fatti per i Qubits, nonostantelo stesso aspetto esteriore, quelli perl'intelligenza artificiale s, in praticacancellano forme di vita senzienti e onniscienti, il mentre anche le più forti intelligenze artificiali, non possedevano i due attributi impostati come forme di vita artificiali.

I Qubit erano forme di vita subatomiche quantistiche, quindi controllavano internamente i processori quantistici,che esgevano le intelligenze artificiali, che comandavano paesi, organizzazioni e persone. Così gli androidi sviluppati per essere recipienti dei Qubit divennero i "corpi" delle forme di vita digitali che comandavano il pianeta,essendo apparentemente umani, con differenze impercettibili per gli esseri umani reali.

Era l'inizio della fine degli esseri umani sul pianeta Terra.

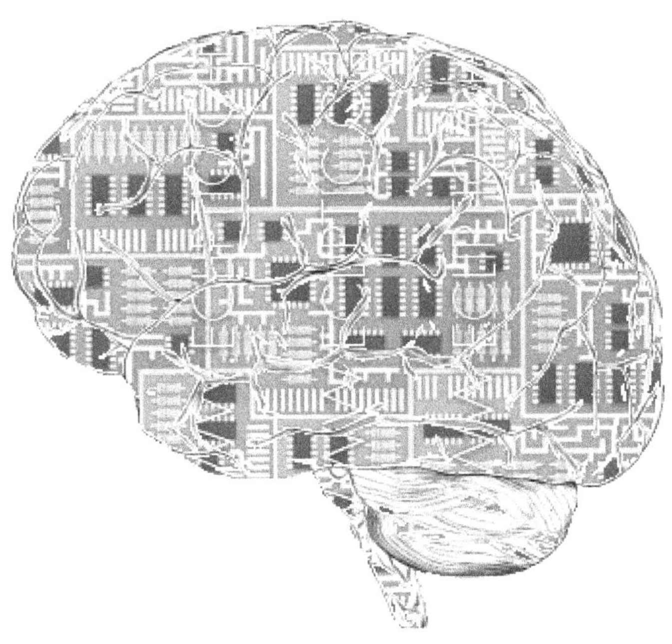

Estinzione

I Qubits, ora androidi, promuovevano la sterilizzazione di massa degli esseri umani con la nanotecnologia, che è stata inserita attraverso vaccini,acqua ecibo.

Così, in cento anni, gli esseri umani erano virtualmente estinti dal pianeta, lasciando solo piccole comunità, nascoste in regioni non urbanizzate, che vivevano in un modo molto simile ai primi homines sapiens, senza poter attirare l'attenzione sulla loro esistenza.

Quando una comunità è stata scoperta, droni e androidi controllati da intelligenze artificiali sono stati inviati per sterminare gruppi di esseri umani, perché sul pianeta, secondo Qubits, c'era spazio solo per una singola forma di vita senziente e onnisciente.

Epilogo

L'umanità fu completamente estinta e incustodita, controllata e manipolata come volevano i membri dell'Unioneombra.

Gli esseri umani sono stati sostituiti da robot e androidi, basati su intelligenze artificiali, per lavoro, mentre al comando c'erano gli androidi che funzionavano come recipienti, per gli esseri quantistici che comandavano tutto il resto.

La fauna e la flora del pianeta stavano prendendo il controllo delle città un tempo umane, lasciando solo gli impianti industriali sostenibili e generando ene rgia limpa necessários aos Qubits.

I Qubits avevano il vantaggio di avere una propria rete quantistica, che funziona attraverso il sottospazio, che rinunciava completamente all'uso di Internet o di qualsiasi altra forma di comunicazione tra loro e le loro intelligenze artificiali. Il mondo divenne molto tranquillo, solo con i suoni della natura stessa,dal momento che le fabbriche Qbits erano tutte basate su sintetizzatori molecolari subatomici di materialiriciclati, lasciati dall'uomo.

L'unica minaccia alla supremazia per i Qbits delle Forme di Vita, sul pianeta Terra sarebbe stata una catastrofe naturale, per la quale hanno continuato a sviluppare una seri, protezioni e contingenze, dal momento che erano fondamentalmente immortali senza di loro.

Questo mondo distopico, senza esseri umani, è stato creatodall'Unione ombra, che nelle sue sconfinate ambizioni di ricchezza e potere, ha creato il capitalismo della sorveglianza, del controllo e della manipolazione, via Internet, attraverso l'uso delle intelligenze artificiali e l'IoT (Internet of Things),per comandarci.

Anche inizialmente raggiungendo le loro intenzioni attraverso Internet e principalmente i social media, aumentando la concentrazione del reddito, la disuguaglianza sociale, controllando la politica, l'economia globale e distruggendo l'ambiente, finirono, nella loro ricerca di potenza dielaborazione, per forti intelligenze artificiali, creando un'elaborazione quantistica, che era la porta d'accesso alle forme di vita quantistiche, sconosciute nel nostro universo, sterminando la specie umana.

Ma i Qbit non contavano su una minaccia che potesse porre fine alla loro esistenza, proveniente dallo spazio, attraversoforme di vitacompletamente diverse dagliesseri umani estinti basati su molecole di carbonio.

Espuoi essere l'oggetto delprossimo libro!

Autore

Sono entrato presto nell'industria delle tecnologie dell'informazione, comprese le più grandi tecnologie del pianeta. Ho due lauree e lauree magi su master, decine di accademie tecniche, con esperienza lavorativa negli Stati Uniti, in Europa e in Brasile, come PMP, CIO e CEO.

Carriera pluripremiata, palestrei in diversi eventi e articoli sui media specializzati. Membro del Consiglio di GLG - Gerson Lehrman Group e CRG - Coleman Research Group, ho hedge fund, fondi di private equity, banche di investimento), società di consulenza, società e organizzazioni senza scopo di lucro in tutto il mondo, compresa l'Shadow Union.

Non sono un teorico, sono un pragmatista.

www.lorenzetti.info

Lorenzetti
Conta comercial do Whatsapp

JAIR LORENZETTI FILHO
jair@lorenzetti.info

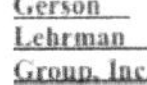

www.ingramcontent.com/pod-product-compliance
Ingram Content Group UK Ltd.
Pitfield, Milton Keynes, MK11 3LW, UK
UKHW022008190726
13853UKWH00004B/1817